Scholastic

El autobús mágico

PLANTA UNA SEMILLA

Un libro sobre cómo crecen los seres vivos

SCHOLASTIC INC.

New York   Toronto   London   Auckland   Sydney

Basado en un episodio de la serie de dibujos animados,
producida para la televisión por Scholastic Productions, Inc.
Inspirado en los libros del *Autobús mágico*,
escritos por Joanna Cole e ilustrados por Bruce Degen

Adaptación para la televisión de Patricia Relf.
Ilustraciones de John Speirs.
Guión para la televisión de Ronnie Krauss, Brian Meehl
y Jocelyn Stevenson.

MIGRANT -MPSD
DISTRICT COPY

12 11 10 9 8 7 6 5 4   7 8 9/9 0/0

Printed in the U.S.A.   23

First Scholastic printing, February 1995

Es casi seguro que en todas las aulas se estudia acerca de las plantas y semillas. Pero no todas tienen a la señorita Frizzle de maestra.

Cuando la señorita Frizzle decide hacer algo, ella siempre se sale con la suya.

En esta ocasión, todo comenzó cuando nos dejó cultivar un jardín detrás de la escuela.

El fotógrafo venía a tomar una foto de nuestro jardín y todos queríamos que luciera lo mejor posible.

¡Estos tomates ganarán un premio!

—¡Y pensar que estos espléndidos tomates son el fruto de pequeñas semillas! —dijo Carlos—. Con un poco de tierra, sol, agua, y mucho amor, logras este huerto fabuloso.

—Y cuando el fotógrafo nos tome la foto, ¡seremos famosos!
—dijo Carlos—. Quizá hasta aparezcamos en la portada de la
revista *Jardinería*. Dorothy Ann, ¿quieres que te firme mi
autógrafo en tu paquete de semillas?

—Lo pensaré —contestó ella.

Phoebe no estaba tan entusiasmada como Carlos.

—¡Cómo me gustaría tener la planta que sembré en mi otra escuela! —dijo Phoebe.

Tim le dio el toque final al dibujo que estaba haciendo y se lo mostró a Phoebe.

—¡Perfecto! Muchas gracias, Tim —dijo Phoebe—. Pero, en realidad, preferiría tener mi planta para la fotografía que nos van a tomar esta tarde.

La señorita Frizzle observó el dibujo.

—Phoebe, tu planta es preciosa —dijo—. No te preocupes, iremos de excursión y pasaremos por tu escuela.

Subimos al viejo autobús. Carlos estaba preocupado pues pensaba que no regresaríamos a tiempo para la fotografía.

—Pero señorita Frizzle, esto nos puede tomar todo el día. ¿No podríamos volar o algo parecido?

—¡Excelente idea! —dijo ella.

De repente, el autobús comenzó a girar y se levantó en el aire como si tuviera alas. ¡Las tenía! ¡Viajábamos a bordo de una mariquita!

Sobrevolábamos edificios y árboles y Phoebe comenzó a
ponerse nerviosa.

—¿Qué pasa si el señor Maceta nos ve? Cuando *él* era mi
maestro, nunca nos convertimos en una mariquita.

En ese momento, divisamos una escuela.

—¡Ahí está! —dijo Phoebe, nerviosa.

El autobús descendió muy bajo sobre el jardín de la escuela. Parecía una selva.

—Éste parece un buen lugar para aterrizar. Quiero decir, un buen pétalo —dijo la señorita Frizzle.

El autobús aterrizó, dio unos cuantos saltos y se deslizó lentamente por el pétalo de una flor enorme.

¡Ésta es una de mis plantas!

Nos deslizamos demasiado. De repente, el autobús resbaló y cayó sobre algo mojado y resbaloso.

—¡Estamos atrapados en alguna cosa pegajosa! —gritó Ralphie.

—Se llama néctar —dijo Dorothy Ann.

—¡Síganme! —dijo la señorita Frizzle. Abrió la puerta del autobús y nos encontramos en un lago de néctar.

No lo supimos en ese momento, pero él estaba tan cerca que con sólo extender la mano nos podía alcanzar.

—Las plantas de Phoebe han crecido de maravilla —él dijo para sí mismo—. Trabajó mucho. Realmente, yo debería llevarle una a su nueva escuela.

El señor Maceta oyó un zumbido y levantó la vista.

—¡Ah! ¡Abejas! Las dejaré en paz para que puedan hacer su trabajo y se encaminó hacia un sembrado de tomates.

Nosotros también vimos las abejas. Venían directamente a nuestra flor.

—¡Resguárdense! ¡Un ataque aéreo! —gritó Arnold.

—Tan pronto como las abejas beban el néctar, podremos salir de aquí —dijo la Friz—. Por favor, todos a bordo de la mariquita. Próxima parada: ¡*antera*!

Dorothy Ann era increíble. Hasta boca abajo, se acordaba de lo que había leído esa mañana.

—*Antera* es la parte del estambre de las flores donde se produce y se guarda el polen —explicó ella.

> ¿Estos granos amarillos son el polen? El polen me hace... ¡ACHUU!... estornudar.

Allí estábamos sobre la antera con las abejas zumbando a nuestro alrededor.

Fue entonces cuando Phoebe vio a su antiguo maestro.

—¡Ahí está el señor Maceta! ¡Hagamos algo rápidamente, o nos verá!

La señorita Frizzle, como de costumbre, no perdió la calma.

—Nos iremos de la misma forma que lo hace el polen —dijo muy animada.

¡Mira! ¡Esa abeja está cubierta de polen!

¡Achuu!

La señorita Frizzle tocó un botón amarillo y nos achicamos nuevamente. Ahora éramos tan pequeñitos como un grano de polen.

—¡Vaya! —dijo Phoebe—. ¡Por poco!

A Carlos la situación no le parecía graciosa.

—No regresaremos a tiempo para tomarnos la foto —dijo entre dientes.

—Tranquilo. Ahora mismo partimos —dijo la señorita Frizzle—. ¡Sujétense! Y en ese momento, la pata de una abeja nos agarró y salimos volando.

Afortunadamente, el viaje fue corto. La abeja tropezó contra una flor y nos dejó caer junto con un montón de polen.

—¡Llegamos! —anunció la señorita Frizzle.

—¿A dónde? —preguntó Phoebe.

—Creo que estamos aquí —le dijo Tim, señalando el dibujo— en el centro de la flor, el *estigma*.

La abeja dejó caer mucho polen. Arnold estornudó, tropezó con un grano de polen, lo derribó y se cayó por una especie de túnel.

¡Arnold encontró un túnel de polen!

¡Aaachu!

Phoebe se acercó a mirar en el tubo.

—¡El señor Maceta nunca nos encontrará aquí abajo!
—dijo Phoebe y saltó al tubo deslizándose hacia el fondo.

La señorita Frizzle estaba encantada.

—Así me gusta. ¡Arriésguense! ¡No tengan miedo de
equivocarse! ¡Estudien los tubos de polen! Y con esas
palabras, ella también se deslizó por el tubo.

Todos nos deslizamos hasta el fondo del tubo de polen.

—Y ahora, ¿dónde estamos? —preguntó Carlos—. ¿Por qué no podemos agarrar una de las plantas de Phoebe y regresar a nuestra escuela?

—No creo que necesitamos una planta entera. ¡Mira! —dijo Keesha, señalando una cosa que parecía como una roca grande. ¡Era una semilla!

—Ya entiendo —dijo Dorothy Ann—. Cuando el polen de una flor cae en el estigma de otra, forma un tubo, encuentra una de esas células y juntos crean una semilla.

—No hay ninguna semilla que pueda convertirse en una planta antes de las 3 de la tarde —dijo Carlos, impaciente.

—No sin ayuda —dijo la señorita Frizzle, apretando uno de los botones del autobús. Repentinamente, todo se volvió de locura: ¡Las semillas crecían cada vez más y les brotaba pelo!

—Tenemos que apresurarnos —dijo la señorita Frizzle—.
Rápido, suban todos al autobús.

Todos corrimos al autobús, las puertas se cerraron casi
inmediatamente y llegamos a una de las semillas más
grandes.

Mientras que las semillas, a nuestro alrededor, crecían
cada vez más, la flor se abrió completamente. Sentimos
el resplandor del sol y una brisa que penetraba por las
ventanas del autobús. De repente, nuestra semilla voló
en el aire, con nosotros a bordo.

¡Esos pelos
son como paracaídas!

Y salimos volando sobre la semilla, impulsados por ráfagas de viento.

—¿Podemos ir más rápido? —preguntó Carlos, todavía preocupado.

—Bueno, creo que para ser una semilla vamos bastante rápido. Algunas viajan sobre perros, pájaros y aun sobre personas... —dijo la señorita Frizzle, al divisar a un hombre en una bicicleta.

—¡OH, NO! —gritó Phoebe—. ¡El señor Maceta!
Pero, era demasiado tarde. Nuestra semilla había aterrizado en el pelo del señor Maceta.

—¡Qué vergüenza! —dijo ella.

¿Alguien me llamó?

Estábamos llegando a nuestra escuela, prendidos al pelo del señor Maceta y ni siquiera nos habían presentado, así que todos gritamos a la vez:

—¡Hola, señor Maceta!

Desde luego, Phoebe no dijo nada porque estaba tan avergonzada que no podía hablar. Pero, cuando el señor Maceta volvió la cabeza para ver quién lo llamaba, salimos volando.

—Última parada —anunció la señorita Frizzle.

Apretó un botón: ¡PUFF! Y el autobús volvió a su tamaño normal. Apretó otro botón: ¡PUFF! Y la semilla, que había aterrizado en nuestro jardín, se convirtió en una planta grande con flores preciosas.

—¡Ah! ¡Ahí están! —dijo el señor Maceta, cuando nos vio—. Traje una de las plantas de Phoebe, pero veo que ella ya tiene una. Mucho gusto en verla nuevamente, señorita Frizzle.

—¿Ya se conocían? —preguntó Phoebe horrorizada.

—Desde luego —dijo él con una sonrisa. Ella es una persona especial.

JARDINERÍA

El arte de cultivar jardines

Todos estábamos de acuerdo. ¡La señorita Frizzle era realmente especial!

Carta al editor de la revista *JARDINERÍA*

Estimado editor:

Me gustaron mucho las fotografías del huerto que sembró la clase de la señorita Frizzle. En relación a su artículo, me permito hacerle los siguientes comentarios:

• Primero, nunca he oído de un autobús escolar que pueda transformarse en una mariquita o en un grano de polen.

• Segundo, no me imagino cómo alguien puede ser alérgico a un grano de polen tan grande. ¡No puede, de ninguna manera, entrarle por la nariz!

• Además, me gustaría saber cómo puede una persona hacer que una semilla se transforme en una planta en cuestión de segundos. Aun con el fertilizante secreto que yo inventé, toma mucho tiempo para que mis plantas crezcan y broten las semillas: días, semanas, incluso hasta meses.

• Es más, yo nunca he visto una planta como la de Phoebe. ¿Es un invento suyo?

• Y usted, seguramente, hizo algún truco fotográfico con el vestido de la señorita Frizzle, porque nadie, pero nadie, se viste así.

Su leal lector,

D. Tractor

Estimado lector:

Tienes toda la razón. ¿Podrías enviarnos la fórmula de tu fertilizante?

El editor

Apuntes de la señorita Frizzle

A los padres, maestros y estudiantes:

Una semilla es una planta diminuta que viene en un envase muy eficaz, lista para crecer si las condiciones son favorables. Este libro nos cuenta la historia de las semillas, de las flores y de las plantas.

La antera, parte masculina de la flor, es la porción del estambre donde se fabrica y se guarda el polen.

Los colores, las formas y la esencia de las flores atraen insectos y animales, tales como las abejas y los colibríes que beben el néctar de las flores y transportan el polen. Éste también puede viajar a través del viento — en las hierbas y en los árboles — o en el agua — en las hierbas acuáticas.

Cuando el polen cae en el estigma de una flor de su misma clase, crece un tubo que llega desde el pistilo hasta el ovario, la parte femenina de la flor. Una célula de esperma viaja por el tubo y se une con una célula del huevo. El huevo fertilizado se divide y se convierte en una semilla.

Las semillas viajan de muchas maneras: en el viento, en la ropa de las personas, en los animales, o en el aparato digestivo de éstos. A veces, salen despedidas con fuerza de las vainas o de las frutas.

Los niños y las niñas pueden disfrutar de la magia de la naturaleza, observando las diferentes partes de las flores y sembrando semillas.

señorita Frizzle